DESSEINS
DE LA
TOISON D'OR
TRAGEDIE.

Repreſentée par la Troupe Royale du Mareſts, chez M^R le Marquis de Sourdeac, en ſon Chaſteau du Neufbourg, pour réjoüiſſance publique du Mariagé du Roy, & de la Paix auec l'Eſpagne, & en ſuite ſur le Theatre Royal du Mareſts.

Imprimée à ROVEN, Et ſe vend

A PARIS,

Chez { AVGVSTIN COVRBE', au Palais, en la Gallerie des Merciers, à la Palme. Et GVILLAVME DE LVYNE, Libraire Iuré, dans la meſme Gallerie, à la Iuſtice.

M. DC. LXI.

AVEC PRIVILEGE DV ROY.

ARGVMENT.

L'ANTIQVITE' n'a rien fait passer jusqu'à nous qui soit si generalement connu que le voyage des Argonautes, mais comme les Historiens qui en ont voulu démesler la verité dans la Fable qui l'enuelope, ne s'accordent pas en tout, & que les Poëtes qui l'ont embelly de leurs fictions, n'ont pas pris la mesme route, j'ay crû que pour faciliter au Spectateur l'intelligence entiere de ce Sujet, il estoit à propos de l'aduertir de quelques particularitez, où ie me suis attaché, qui peut-estre ne sont pas connuës de tout le monde. Elles sont pour la plusspart tirées de Valerius Flaccus, qui en a fait vn Poëme Epique en Latin.

Phryxus estoit fils d'Athanias Roy de Thebes, & de Nephelé, qu'il repudia pour espouser Ino. Cette seconde femme persecuta si bien ce ieune Prince, qu'il fut obligé de s'enfuïr sur vn mouton dont la laine estoit d'or, que sa mere luy donna aprés l'auoir receu de Mercure. Il le sacrifia à Mars, si-tost qu'il fut abordé à Colchos, & luy en appendit la dépoüille dans vne forest qui luy estoit consacrée. Aætes fils du Soleil, & Roy de cette Prouince, luy donna pour femme Chalciope sa fille aisnée, dont il eut quatre fils, & mourut quelque temps aprés. Son Ombre apparut en suite à ce Monarque, & luy reuela que le destin de son Estat dépendoit de cette Toison, qu'en mesme temps qu'il la perdroit il perdroit aussi son Royaume, & qu'il estoit resolu dans le Ciel que Medée son autre fille auroit vn époux estranger. Cette prediction fit deux effets. D'vn costé Aætes, pour conseruer cette Toison, qu'il voyoit si necessaire à sa propre conseruation, vou-

lut en rendre la conqueſte impoſſible par le moyen des charmes de Circé ſa ſœur, & de Medée ſa fille. Ces deux ſçauantes Magiciennes firent en ſorte, qu'on ne pouuoit s'en rendre maiſtre, qu'aprés auoir dompté deux Taureaux, dont l'haleine eſtoit toute de feu, & leur auoir fait labourer le champ de Mars, où en ſuite il falloit ſemer des dens de Serpent, dont naiſſoient auſſi-toſt autant de Genſdarmes, qui tous enſemble attaquoient le temeraire qui ſe hazardoit à vne ſi dangereuſe entrepriſe: & pour dernier peril, il falloit combatre vn Dragon qui ne dormoit iamais, & qui eſtoit le plus fidelle & le plus redoutable gardien de ce treſor. D'autre coſté les Rois voiſins jaloux de la grandeur d'Aætes, s'armerent pour cette conqueſte, & entre autres Perſes ſon frere, Roy de la Cherſoneſe Taurique, & fils du Soleil comme luy. Comme il s'appuya du ſecours des Scytes, Aætes emprunta celuy de Styrus Roy d'Albanie, à qui il promit Medée, pour ſatisfaire à l'ordre qu'il croyoit en auoir receu du Ciel par cette ombre de Phryxus. Ils donnoient bataille, & la victoire panchoit du coſté de Perſes, lors que Iaſon arriua ſuiuy de ſes Argonautes dont la valeur la fit tourner du party contraire, & en moins d'vn mois ces Heros firent emporter tant d'auantages au Roy de Colchos ſur ſes ennemis, qu'ils furent contraints de prendre la fuite, & d'abandonner leur camp. C'eſt icy que commence la Piece, mais auant que d'en venir au détail, il faut dire vn mot de Iaſon, & du deſſein qui l'amenoit à Colchos.

Il eſtoit fils d'Aeſon Roy de Theſſalie, ſur qui Pelias ſon frere auoit vſurpé ce Royaume. Ce Tyran eſtoit fils de Neptune & de Tyro, fille de Salmonée, qui épouſa en ſuite Cretheus pere d'Aeſon, que ie viens de nommer. Cette vſurpation luy donnant la deffiance ordinaire à ceux de ſa ſorte, luy rendit ſuſpect le courage de Iaſon ſon nepueu, & legitime heritier de ce Royaume. Vn Oracle qu'il receut le confirma dans ſes

ſes ſoupçons, ſi bien que pour l'éloigner, ou pluſtoſt pour le perdre, il luy commanda d'aller conquerir la Toiſon d'or, dans la croyance que ce Prince y periroit, & le laiſſeroit par ſa mort paiſible poſſeſſeur de l'Eſtat, dont il s'eſtoit emparé. Iaſon par le conſeil de Pallas fit baſtir pour ce fameux voyage le Nauire Argo, où s'embarquerent auec luy quarante des plus vaillans de toute la Grece. Orphée fut du nombre, auec Zethez & Calaïs, fils du Vent Borée, & d'Orithie Princeſſe de Thrace, qui eſtoient nez auec des aiſles comme leur pere, & qui par ce moyen deliurerent en paſſant Phinée des Harpyes, qui fondoient ſur ſes viandes, ſi-toſt que ſa table eſtoit ſeruie, & leur donnerent la chaſſe par le milieu de l'air. Ces Heros durant leur voyage receurent beaucoup de faueurs de Iunon, & de Pallas, & prirent terre à Lemnos, dont eſtoit Reine Hypſipile, où ils tarderent deux ans, pendant leſquels Iaſon fit l'amour à cette Reine, & luy donna parole de l'épouſer à ſon retour; ce qui ne l'empeſcha pas de s'attacher auprés de Medée, & de luy faire les meſmes proteſtations ſi-toſt qu'il fut arriué à Colchos, & qu'il euſt veu le beſoin qu'il en auoit. Ce nouuel amour luy reüſſit ſi heureuſement, qu'il eut d'elle des charmes pour ſurmonter tous ces perils, & enleuer la Toiſon d'or malgré le Dragon qui la gardoit, & qu'elle aſſoupit. Vn Autheur que cite le Mithologiſte Noël le Comte, & qu'il appelle Denis le Mileſien, dit qu'elle luy porta la Toiſon juſques dans ſon Nauire, & c'eſt ſur ſon rapport que ie me ſuis authoriſé à changer la fin ordinaire de cette Fable, pour la rendre plus ſurprenante, & plus merueilleuſe. Ie l'aurois eſté aſſez par la liberté qu'en donne la Poëſie en de pareilles rencontres, mais j'ay crû en auoir encor plus de droit en marchant ſur les pas d'vn autre, que ſi j'auois inuenté ce changement.

PROLOGVE.

'HEVREVX Mariage de ſa Majeſté, & la Paix qu'il luy a plû donner à ſes Peuples, ayant eſté les motifs de la réjoüiſſance publique, pour laquelle cette Tragedie a eſté preparée, non ſeulement il eſtoit iuſte qu'ils ſeruiſſent de ſujet au Prologue qui la precede, mais il eſtoit meſme abſolument impoſſible d'en choiſir vne plus illuſtre matiere.

L'ouuerture du Theatre fait voir vn Païs ruiné par les guerres, & terminé dans ſon enfoncement par vne Ville qui n'en eſt pas mieux traitée. La France y paroit la premiere, ſuiuie de la Victoire qui s'en eſt renduë inſeparable depuis quelques années. Elle ſe plaint toutefois à cette Deeſſe de ce que ſes faueurs l'accablent, par la licence que ſe donnent les Soldats victorieux, qui ſe croyent tout permis en ſuite des auantages qu'ils luy font remporter, aux dépens, ou au peril de leur ſang. La Victoire conuaincuë de la iuſtice de ſes plaintes par les ruines qui ſont deuant ſes yeux, n'oſe s'offencer des vœux qu'elle fait pour la Paix, mais elle luy donne à craindre la colere de Mars, dont les ordres l'ont comme attachée à ſes coſtez depuis tant de temps, & luy montre ce Dieu au haut du Ciel, où il ſe fait voir en poſture menaçante, vn pied en l'air, & l'autre porté ſur ſon Eſtoile.

C'eſt en cet eſtat qu'il deſcend à vn des coſtez du Theatre qu'il trauerſe en parlant, & ſi-toſt qu'il a parlé, il remonte au mesme lieu dont il estoit party. Ce mouuement extraordinaire,& qui n'a point esté veu jusqu'icy sur nos Theatres, plaira sans doute aux Curieux, qui se souuiendront que toutes les Machines qu'ils y ont veuës faire sortir des Dieux du fond du Ciel, ne les y ont iamais reportez, mais ont esté remontées en haut par vn mouuement qu'on peut nommer perpendiculaire, au lieu que celle-cy fait faire vn triangle parfait à Mars, en descendant, trauersant le Theatre, & remontant au lieu mesme dont on l'a veu partir.

Auant que de remonter, ce Dieu en colere contre la France luy fait voir la Paix qu'elle demande auec tant d'ardeur, prisonniere dans son Palais, entre les mains de la Discorde & de l'Enuie, qu'il luy a données pour Gardes. Ce Palais a pour colomnes des canons, qui ont pour bases des mortiers, & des boulets pour chapiteaux; le tout accompagné pour ornemens, de trompettes, de tambours, & autres instrumens de guerre entrelassez ensemble, & decoupez à iour, qui font comme vn second rang de colomnes. Le Lambris est composé de Trophées d'armes, & de tout ce qui peut designer & embellir la demeure du Dieu des batailles.

Aprés qu'il est disparu, la Paix, bien que prisonniere, console la France sur les menaces qu'il luy a faites, & voicy ce qu'elle luy en dit.

En vain à tes soûpirs il est inexorable,
Vn Dieu plus fort que luy me va rejoindre à toy,
Et tu deuras bien-tost ce succez adorable
A cette Reine incomparable,
Dont les soins & l'exemple ont formé ton grand Roy.

Ses tendreſſes de ſœur, ſes tendreſſes de mere,
Peuuent tout ſur vn fils, peuuent tout ſur vn frere;
Beny, France, beny ce pouuoir fortuné,
Beny le choix qu'il fait d'vne Reine comme elle:
Cent Rois en ſortiront dont la gloire immortelle
Fera trembler ſous toy l'Vniuers eſtonné,
Et dans tout l'auenir ſur leur front couronné
Portera l'image fidelle
De celuy qu'elle t'a donné.

Ce Dieu dont le pouuoir ſuprême
Eſtouffe d'vn coup d'œil les plus vieux differents,
Ce Dieu par qui l'Amour plaiſt à la vertu meſme,
Et qui borne ſouuent l'eſpoir des Conquerants,
Le blond & pompeux Hymenée,
Prépare en ta faueur l'éclatante journée
Où ſa main doit briſer mes fers:
Ces Monſtres inſolents dont ie ſuis priſonniere,
Priſonniers à leur tour au fond de leurs Enfers
Ne pourront meſler d'ombre à ſa viue lumiere;
A tes Cantons les plus deſerts
Ie rendray leur beauté premiere,
Et dans les doux torrents d'vne allegreſſe entiere
Tu verras s'abyſmer tes maux les plus amers.

Tu

Tu vois comme déja ces deux hautes Puiſſances,
Que Mars ſembloit plonger en d'eternels diſcords,
Ont malgré ſes fureurs aſſemblé ſur tes bords
Les ſublimes intelligences
Qui de leurs grands Eſtats meuuent les vaſtes corps.
Les ſurprenantes harmonies
De ces miraculeux Genies
Sçauent tout balancer, ſçauent tout ſoûtenir;
Leur prudence eſtoit deuë à cet illuſtre ouurage,
Et iamais on n'euſt pû fournir
Aux intereſts diuers de la Seine, & du Tage,
Ny Zéle plus ſçauant en l'art de reünir,
Ny ſçauoir mieux inſtruit du commun auantage.

Par ces organes ſeuls ces dignes Potentats
Se font eux-meſmes leurs Arbitres,
Aux conqueſtes par eux ils donnent d'autres tîtres,
Et des bornes à leurs Eſtats.
Quelques autres efforts que pour rompre mes chaiſnes
L'Vniuers ait veu faire aux plus puiſſantes mains,
Le ſuccez va montrer qu'aprés toutes leurs peines,
Des Aſtres irritez les aſpects inhumains
Vouloient pour s'adoucir la Pourpre des Romains,
Et ce que leur couroux à tant d'efforts enleue
Ton fameux Cardinal l'acheue.

Voy cette ame intrepide, à qui tu dois l'honneur
D'auoir eu la Victoire en tous lieux pour compagne,
Auec le grand Demon d'Espagne
De l'vn & l'autre Estat concerter le bon-heur.
Ce Dieu mesme qu'attend ma longue impatience
N'a droit de m'affranchir que par leur Conference,
Sans elle son pouuoir seroit mal reconnu:
Mais enfin ie le voy, leur accord me l'enuoye.
France, ouure ton cœur à la joye,
Et vous, Monstres, fuyez, ce grand iour est venu.

Comme elle acheue de parler, l'Hymenée se presente couronné de fleurs, portant en sa main droite vn dard semé de lys & de roses, & en la gauche vn bouclier sur lequel est le Portrait de la Reine. A la veuë de ce Portrait, la Discorde & l'Enuie trébuschent dans les Enfers, & les chaisnes qui tenoient la Paix prisonniere, luy tombent des mains. Se voyant libre, elle prie ce Dieu d'acheuer ses graces, & de la faire descendre en terre, où les Peuples la souhaitent auec tant de passion. L'Hymenée commande aux Amours ses Ministres, de prester leurs aisles à l'vn & à l'autre, pour executer ce dessein; & soudain quatre Amours viennent à eux, qui les apportent en terre, & reuolent aussi-tost au Ciel, premierement de droit fil tous quatre ensemble, & puis en se separant deux à deux par vn mouuement oblique, & se retirant au mesme lieu d'où ils sont descendus.

Vn Chœur de Musique chante ces vers tandis qu'ils descendent.

Descens, Hymen, & raméne sur Terre
Les delices auec la Paix,
Descens, objet diuin de nos plus doux souhaits,
Et par tes feux esteins ceux de la Guerre.

Aprés qu'on a cessé de chanter, la France fait ses conjoüissances à la Paix, qui l'exhorte à n'estre pas ingrate vers cette grande Princesse, dont les regards fauorables sont cause de sa liberté, & du bon-heur qu'elle en attend. Elle l'inuite à luy preparer pour reconnoissance quelques spectacles pompeux, par vn effort extraordinaire de ce grand Art, où elle a de si belles lumieres. La France s'en excuse d'abord sur son impuissance, qui ne permet pas des spectacles de cette nature, au milieu de tant de ruines. Mais cet obstacle est leué tout à l'heure par l'Hymenée, qui presentant le Portrait de la Reine aux deux costez du Theatre, en fait changer les débris en vn Iardin aussi magnifique que surprenant, qui sert de décoration au Premier Acte.

ACTE PREMIER.

CE grand Iardin qui en fait la Scene, est composé de trois rangs de Cyprés, à costé desquels on voit alternatiuement en chaque chassis, des Statuës de marbre blanc à l'antique, qui versent de gros jets d'eau dans de grands bassins, soûtenus par des Tritons qui leur seruent de piedestal, ou trois vases qui portent, l'vn des orangers, & les deux autres diuerses fleurs en confusion, champtournées, & decoupées à iour. Les ornemens de ces vases & de ces bassins sont rehaussez d'or,

& ces Statuës portent ſur leurs teſtes des corbeilles d'or treilliſſées, & remplies de pareilles fleurs. Le Theatre eſt fermé par vne grande arcade de verdure, ornée de feſtons de fleurs, auec vne grande corbeille d'or ſur le milieu, qui en eſt remplie comme les autres. Quatre autres arcades qui la ſuiuent compoſent auec elle vn berceau, qui laiſſe voir plus loin vn autre Iardin de Cyprés meſlez de quantité d'autres Statuës à l'antique, & la Perſpectiue du fond borne la veuë par vn parterre encor plus eſloigné, au milieu duquel s'eſleue vne fontaine auec diuers autres jets d'eau, qui ne font pas le moindre agrément de ce ſpectacle.

Chalciope & Medée ſa ſœur y paroiſſent les premieres, & s'entretiennent de la deffaite de Perſés & des Scytes, par le ſecours des Argonautes : de là tombant ſur les deuoirs que Iaſon rend à Medée, & la complaiſance qu'elle a pour luy, Chalciope l'aduertit qu'il ſe prepare au retour, ſi-toſt qu'il aura obtenu du Roy vne grace qu'il luy veut demander; ſurquoy elle luy aduouë que cette grace n'eſt autre qu'elle meſme, & l'adueu du Roy pour ſon mariage.

Le Roy vient auec le Prince Abſyrte ſon fils, & aprés auoir exaggeré l'importance du ſeruice qu'il a receu de Iaſon & de ſes compagnons, & le beſoin qu'il a de leur valeur pour conſeruer la Toiſon d'or, dont dépend le deſtin de ſon Eſtat, il demande à Medée ſi elle n'a point quelques charmes aſſez forts pour les arreſter en ſon Royaume. Abſyrte, ſans donner le temps à ſa ſœur de répondre, luy propoſe le mariage de cette Princeſſe auec Iaſon, comme vn moyen infaillible de l'empeſcher de partir. Le Roy l'approuue, & comme Iaſon ſe preſente ſuiuy de Zethez, Calaïs, Orphée, &

beaucoup d'autres. Le Roy l'ayant enhardy à luy demander vne recompense de ses seruices, dans la croyance qu'il luy demanderoit Medée, dont Absyrte luy auoit dit qu'il estoit amoureux, & s'estant engagé par serment à ne luy refuser rien; il demeure fort surpris, & cette Princesse fort confuse, lors que contre l'attente de l'vn & de l'autre, Iason luy demande la Toison d'or. Il fait ses efforts pour luy faire changer de dessein, & n'estre pas l'autheur de sa ruine, aprés l'auoir si bien secouru : Iason ne veut pas que ce qu'en a dit l'Ombre de Phryxus merite aucune foy, & presse si bien le Roy de luy tenir parole, & ne violer pas son serment, qu'il le reduit à se retirer en colere, aprés luy auoir dit qu'il ne peut que luy permettre de se saisir luy-mesme de la Toison, s'il peut triompher des Monstres qui la gardent, & donné ordre à Medée de luy apprendre quels sont les perils où il s'engage.

Medée tâche à luy faire peur des Taureaux qu'il luy faut dompter, des Gensdarmes qu'il luy faut deffaire, & du Dragon qu'il luy fait vaincre, & le quitte aprés luy auoir protesté qu'elle va redoubler leur fureur par la force de ses charmes.

Iason & ses compagnons confus de voir les difficultez, ou plustost l'impossibilité de reüssir en leur dessein, voyent descendre Iris sur vn Arc en Ciel. Cette veuë leur donne esperance que Iunon, dont cette Nymphe est messagere, ne leur refusera pas son secours dans de si grands perils. Orphée l'en conjure au nom de tous par cet Hymne qu'il chante.

Femme & sœur du Maistre des Dieux,
De qui le seul regard fait nos destins propices,
Nous as-tu jusqu'icy guidez sous tes auspices,
Pour nous voir perir en ces lieux ?
Contre des bras mortels tout ce qu'ont pû les armes,
Nous l'auons fait dans les combats,
Contre les Monstres & les charmes
C'est à toy maintenant de nous prester ton bras.

Iris les asseure en suite que le secours de Iunon & de Pallas ne leur manquera point, & qu'elles vont toutes deux leur confirmer ce qu'elle dit. Surquoy on voit ces deux Deesses chacune dans son Char, dont l'vn est tiré par des Paons, & l'autre par des Hibous. Toutes deux leur apprennent que le succez de leur entreprise dépend de l'amour de Medée pour Iason, & qu'ils n'en viendront iamais à bout si elle n'est de leur party. Iunon adjouste que pour l'y réduire elle va descendre en terre, & y prendre le visage & la forme de sa sœur Chalciope ; & Pallas, qu'elle va les proteger au Ciel contre les Dieux du party contraire, & soudain en mesme temps, on voit Iunon descendre, Pallas remonter, & Iris disparoistre, & les Argonautes ayant repris de nouuelles esperances sur ces promesses, se retirent pour aller sacrifier à l'Amour, de qui dépend toute leur fortune.

ACTE SECOND.

LA Riuiere du Phaſe & le Païſage qu'elle trauerſe en font la decoration. On voit tomber de gros torrents des Rochers qui luy ſeruent de riuages, & l'eſloignement qui borne la veuë, preſente aux yeux diuers coſtaux, dont cette campagne eſt enfermée.

Iunon ſous le viſage & l'habit de Chalciope tire Iaſon à part ſur les bords de ce Fleuue, & aprés luy auoir appris ce qu'elle a déja gagné ſur l'eſprit de Medée à la faueur de ce déguiſement, elle luy raconte qu'Hypſipile impatiente de le reuoir s'eſtoit miſe ſur la Mer pour le ſuiure, & qu'y ayant fait naufrage, Neptune l'auoit receuë dans ſon Palais, & la luy alloit renuoyer pour trauerſer ſes amours auec Medée, & empeſcher que ſon retour en Theſſalie, aprés la conqueſte de la Toiſon, ne deuinſt funeſte pour Pelie ſon fils. Elle l'exhorte à ne perdre point de temps, & à faire tous ſes efforts à regagner tout-à-fait Medée, & emporter la Toiſon auant l'arriuée de cette Amante.

Medée entre ſous pretexte de chercher ſa ſœur, & quelque reſſentiment dont elle ſoit animée contre Iaſon, ce Prince adroit agit ſi bien auec l'aide de Iunon, qu'il l'adoucit: mais comme elle eſt preſte à ſe rendre, Abſyrte ſon frere interrompt leur diſcours, pour leur faire part du rauiſſement que luy a donné ce qu'il a veu s'auancer vers eux ſur le Phaſe, & en meſme temps on voit ſortir de ce Fleuue le Dieu Glauque, auec deux Tritons & deux Sirenes, qui chantent ces paroles, cependant qu'vne grande Conque de Nacre, ſemée de branches de coral, & de pierres precieuses, portée par quatre Dauphins, & soûtenuë par quatre Vents en l'air, vient insensiblement s'arrester au milieu de cette mesme riuiere. Voicy donc ce que chantent les Sirenes.

Telle Venus sortit du sein de l'onde,
Pour faire regner dans le Monde
Les Ieux & les appas, les Graces & l'Amour,
Telle tous les matins l'Aurore,
Sur le sein émaillé de Flore
Verse la rosée & le iour.

Tandis qu'elles chantent, le deuant de cette Conque merueilleuse fond dans l'eau, & laisse voir la Reine Hypsipile assise comme dans vn Trône. Sa premiere veuë frappe le cœur d'Absyrte, & soudain Glauque commande aux Vents de s'enuoler, aux Tritons & aux Sirenes de disparoistre, au Fleuue de retirer vne partie de ses eaux pour laisser prendre terre à Hypsipile, & à Iason de rallumer ses feux pour cette Reine de Lemnos, que Neptune luy renuoye comme le seul objet qui soit digne de son amour. Les Tritons, le Fleuue, les Vents & les Sirenes obeïssent, & Glauque se perd luy-mesme au fond de l'eau si-tost qu'il a parlé. Absyrte donne la main à Hypsipile, pour sortir de cette Conque qui s'abysme aussi-tost dans le Fleuue : le seul Iason demeure immobile, & pressé par elle de luy parler, il luy aduouë qu'il n'a plus d'yeux que pour Medée. Cette Princesse ne laisse pas d'en prendre jalousie, & par vne nouuelle colere elle le quitte comme vn volage, qui ne merite pas qu'elle en fasse estat. Iason la suit par le conseil de Iunon, qui les va rejoindre vn

moment

moment aprés, & Absyrte demeuré seul auec Hypsipile, luy fait ses premieres offres de seruice, & tâche de luy faire conceuoir la grandeur d'vn amour qui vient de naistre. Elle se deffend sur la préoccupation de son cœur pour cet inconstant dont elle se voit abandonnée, & prie ce Prince de la conduire au Roy pour luy en faire ses plaintes. Il veut l'en dissuader, mais enfin il obeït, & tous deux ensemble le vont trouuer dans son Palais.

ACTE TROISIE'ME.

NOs Theatres n'ont encor rien fait paroistre de si brillant, que le Palais du Roy Aæte, qui sert de Decoration à cet Acte. On y voit de chaque costé deux rangs de colomnes de Iaspe torses, & enuironnées de pampres d'or à grands fueillages, champtournées, & decoupées à iour, au milieu desquelles sont des Statuës d'or à l'antique de grandeur naturelle. Les frises, les festons, les corniches, & les chapiteaux sont pareillement d'or, & portent pour finissements des vases de porcelaine, d'où sortent de gros bouquets de fleurs au naturel. Les bases & les piedestaux sont enrichis de basses tailles, où sont peintes diuerses Fables de l'Antiquité. Vn grand portique doré, soûtenu par quatre autres colomnes dans le mesme ordre, fait la face du Theatre, & est suiuy de cinq ou six autres de mesme maniere, qui forment par le moyen de ces colomnes comme cinq galleries, où la veuë s'enfonçant découure ce mesme jardin de Cyprés qui a paru au premier Acte.

Le Roy entre le premier suiuy de Iason qui vient de luy

demander Medée en mariage, & la Toiſon pour dot. Ce Monarque irrité le renuoye à la Reine Hypſipile, & luy commande d'écouter les plaintes qu'elle luy veut faire de ſon infidelité.

Hypſipile que le Roy laiſſe auec Iaſon, le reduit à luy avoüer que toute la tendreſſe de ſon cœur eſt pour elle, & qu'il ne s'attache à Medée, que par la conſideration du beſoin qu'il en a pour emporter la Toiſon, ſans laquelle, ny luy, ny aucun de ſes compagnons ne peut retourner en Grece, qu'il n'y perde la teſte. Medée interrompt leurs diſcours, & ſi-toſt que Iaſon la voit, il ſe retire tout confus de ce qu'il vient de dire, & ſaiſi d'vne iuſte apprehenſion qu'elle ne l'aye écouté.

Ces deux riuales jalouſes l'vne de l'autre commencent vn entretien piquant, qui ſe termine en querelle, que Medée fait éclater, par vn changement de ce Palais doré en vn Palais d'horreur, où tout ce qu'il y a d'épouuantable en la Nature ſert de Termes. L'Elephant, le Rhinocerot, le Lion, l'Once, les Tigres, les Leopards, les Pantheres, les Dragons, les Serpents, tous auec leurs Antipathies à leurs pieds, y lancent des regards menaçans. Vne grotte obſcure borne la veuë, au trauers de laquelle l'œil ne laiſſe pas de découurir vn éloignement merueilleux que fait la Perſpectiue. Quatre Monſtres aiſlez, & quatre rampants enferment Hypſipile. Cette Reine demeurée ſeule parmy tant d'objets épouuantables, & pleine du deſeſpoir où la jette l'infidelle Politique de Iaſon, s'offre à mourir, & preſſe ces Monſtres de la deuorer; puis tout à coup ſe remettant en l'eſprit que ce ſeroit ſe ſacrifier à ſa riuale, elle leur crie qu'ils n'auancent pas. Cette deſſence qu'elle leur fait eſt repetée par vne voix cachée, qui chante ces paroles.

Monſtres, n'auanceZ pas, vne Reine l'ordonne,
Reſpectez ſes appas,
SuiueZ les loix qu'elle vous donne,
Monſtres, n'auanceZ pas.

Les Monſtres s'arreſtent en meſme temps, & comme Hypſipile ne ſçait à qui attribuer vne protection ſi ſurprenante, la meſme voix adjouſte.

C'eſt l'Amour qui fait ce miracle,
Et veut plus faire en ta faueur:
N'y mets donc point d'obſtacle,
Aime qui t'aime, & donne cœur pour cœur.

Soudain vne nuée deſcend en terre, & s'y ſeparant en deux ou trois, qui ſe perdent en diuers endroits du Theatre, elle y laiſſe le Prince Abſyrte qui en eſtoit enuelopé. Ce Prince amoureux commande à ces Monſtres de diſparoiſtre, ce qu'ils font auſſi-toſt, les vns en s'enuolant, & les autres en fondant ſous terre. Aprés quoy il donne la main à cette Reine effrayée, pour ſortir d'vn lieu ſi dangereux pour elle.

ACTE QVATRIE'ME.

CE Theatre horrible fait place à vn plus agreable. C'est le Desert, où Medée a de coustume de se retirer, pour faire ses enchantemens. Il est tout de Rochers, qui laissent sortir de leurs fentes quelques filaments d'herbes rampantes, & quelques arbres moitié verds & moitié secs. Ces Rochers sont d'vne pierre blanche & luisante, de sorte que comme l'autre Theatre estoit fort chargé d'ombres, le changement subit de l'vn à l'autre fait qu'il semble qu'on passe de la nuit au iour.

Medée y paroist seule dans vne profonde réuerie; Absyrte l'aborde, à qui elle demande conte du succez de leur artifice, & fait par là connoistre aux Spectateurs que toute cette épouuante du troisiéme Acte n'estoit qu'vn jeu concerté entr'eux, afin qu'Hypsipile, croyant estre obligée de la vie à ce Prince, receust plus fauorablement son amour, & ne disputast plus le cœur de Iason à cette Princesse. Cet Amant luy apprend que son secours inesperé n'a produit en cette Reine que des sentimens de reconnoissance, qui ne vont point jusqu'à l'amour, & luy demande vn charme assez fort pour emporter son cœur tout-à-fait. Medée luy aduouë que le pouuoir de son Art ne s'estend point jusques-là, & aprés luy auoir promis de le seruir, elle le congedie en le priant de luy enuoyer sa sœur Chalciope.

Attendant qu'elle vienne elle s'entretient sur le peril où l'expose l'amour d'vn volage, qui pourra ne luy estre pas plus fidelle, qu'à Hypsipile. Chalciope, ou plustost Iunon sous son visage

visage, vient l'entretenir, & luy exaggere l'obligation qu'elle a à Iason, de l'auoir si hautement préferée à Hypsipile, en sa presence mesme. Elle adjouste que ses dédains ne peuuent seruir, qu'à le reünir auec cette riuale, & se retire le voyant arriuer. Medée luy fait des reproches de tout ce qu'il a dit d'obligeant à Hypsipile, soit qu'elle l'eust entendu, soit qu'elle l'eust sçeu par le moyen du charme. Iason luy répond qu'elle ne doit pas s'alarmer d'vne ciuilité, qu'il n'a pû refuser à la dignité d'vne Reine qu'il abandonne pour elle, & continuë à luy demander la Toison, où sa gloire est attachée, auec le salut de tous ses compagnons. Medée luy replique qu'elle veut bien prendre soin de sa gloire, & luy donne dequoy vaincre les Taureaux & les Gensdarmes, à la charge qu'il laissera combatre le Dragon aux autres. Iason veut la grace entiere, & Medée le quitte en colere de ce qu'il exige tout d'elle, & ne veut rien laisser en son pouuoir.

Iunon le rejoint, estonnée comme luy des menaces auec lesquelles Medée s'en est separée. Elle se plaint de ce que l'Amour ne luy tient pas ce qu'il luy auoit promis en sa faueur, & luy apprend que les Dieux s'assemblent chez Iuppiter, pour resoudre le destin de cette journée. Surquoy le Ciel de Venus s'ouure, qui fait voir le Palais de cette Deesse, où l'Amour paroist seul, & dit à Iunon, que pour luy tenir parole, il s'en va montrer à cette assemblée des Dieux, qu'il est leur maistre quand il luy plaist. Il finit en commandant à Iason d'obeïr à Medée, & de luy laisser le soin du reste, & s'élance aussi-tost en l'air, qu'il trauerse, non pas d'vn costé du Theatre à l'autre, mais d'vn bout à l'autre. Les curieux qui voudront bien considerer ce vol, le trouuent assez extraordinaire, & ie ne me souuiens point d'en auoir veu de cette maniere. Aprés que l'Amour a disparu, Iason reprend courage, & sort auec Iunon pour rejoindre Medée, & rendre vne soûmission entiere à ses volontez.

ACTE CINQVIE'ME.

LA forest de Mars y fait voir la Toison sur vn arbre qui en occupe le milieu. Le Dragon ne s'y montre point encor, parce que le charme de Circé, qui l'en a fait gardien, le reserue pour s'opposer aux rauisseurs, & ne veut pas qu'il épouuante ceux qui ne sont amenez-là, que par la curiosité de voir cette precieuse dépoüille. C'est ce qu'Absyrte apprend à Hypsipile, & reçoit d'elle de nouuelles protestations de reconnoissance, pour le seruice qu'il luy a rendu, auec vn adueu qu'elle ne peut se donner à luy, que Iason ne se soit donné à vn autre, & luy ait montré l'exemple d'vn changement irreuocable. Le Roy les aborde, tout épouuanté de la victoire, que ce Heros vient de remporter sur les Taureaux & les Gensdarmes, & témoigne peu de confiance au Dragon, qui reste seul à vaincre. Il attribuë ces effets prodigieux à des charmes qu'Hypsipile luy a prestez, & qu'il croit plus sçauante en ce grand Art que Medée, veu la maniere toute miraculeuse dont elle a pris terre à Colchos. Cette Reine rejette sur sa Riuale ce qu'il luy impute, & presse Iason qu'elle voit venir d'en aduoüer la verité. Iason, sans vouloir éclaircir cette matiere, demande au Roy la permission d'acheuer, & s'auance vers la Toison pour la prendre. Medée paroist aussi-tost sur le Dragon volant, esleué, en l'air à la hauteur d'vn homme, &

s'estant saisie de cette Toison, elle presente le combat à ce Heros, qui met bas les armes deuant elle, & aime mieux renoncer à sa conqueste, que de luy déplaire. Aprés cette déference il se retire, & Zethez & Calaïs qui l'auoient suiuy, entreprennent le combat en sa place, & s'élancent tout d'vn temps dans les nuées, pour fondre de là sur le Dragon. Medée les braue, & s'esleue encor plus haut pour leur épargner la peine de descendre, cependant qu'Orphée les encourage par cet Air qu'il chante.

Hastez-vous, enfans de Borée,
Demidieux, hastez-vous,
Et faites voir, qu'en tous lieux, contre tous,
A vos exploits la Victoire asseurée
Suit l'effort de vos moindres coups.

Cette chanson d'Orphée ne fait point paroistre les Argonautes aislez, & Medée en prend occasion de le railler de ce que sa voix ne porte point jusqu'à eux, puisque elle ne les fait point descendre : mais ces Heros se montrant sur la fin de sa raillerie, Orphée chante cet autre couplet, tandis qu'ils combatent.

Combatez, race d'Orithie,
Demidieux, combatez,
Et faites voir que vos bras indomptez
Se font par tout vne heureuse sortie
Des perils les plus redoutez.

L'Art des Machines n'a rien encor fait voir à la France de

plus beau, ny de plus ingenieux que ce combat. Les deux Heros aislez fondent sur le Dragon, & se releuant aussi-tost qu'ils ont tâché de luy donner vne atteinte, ils tournent face en mesme temps pour reuenir à la charge. Medée est au milieu des deux, qui pare leurs coups, & fait tourner le Dragon vers l'vn & vers l'autre, suiuant qu'ils se presentent. Iusqu'icy nous n'auons point veu de vols sur nos Theatres, qui n'ayent esté tout-à-fait de bas en haut, ou de haut en bas, comme ceux d'Andromede; mais de descendre des nuës au milieu de l'Air, & se releuer aussi-tost sans prendre terre, joignant ainsi les deux mouuements, & se retourner à la veuë des Spectateurs, pour recommencer dix fois la mesme descente, auec la mesme facilité que la premiere; ie ne puis m'empescher de dire qu'on n'a rien encor veu de si surprenant, ny qui soit executé auec tant de iustesse.

Le combat se termine par la fuite des Argonautes & la retraite d'Orphée. Le Roy rauy de voir que Medée l'a si bien seruy, luy en fait ses remercîmens, & l'inuite à descendre pour l'embrasser. Cette Princesse s'en excuse, sur ce qu'elle veut aller combatre, & vaincre ces ambitieux jusques dans leur Nauire. Le Roy voyant qu'elle continuë à s'esleuer toûjours plus haut auec la Toison qu'elle emporte, commence à la soupçonner de quelque perfidie, & elle luy aduouë que les Dieux de Iason sont plus forts que les siens, & qu'elle le va rejoindre dans son Vaisseau, où sa sœur Chalciope l'attend auec ses fils. Si-tost qu'elle est disparuë, Iunon se montre dans son chariot, & aprés auoir desabusé le Roy touchant Chalciope, dont elle a pris le visage, pour mieux porter Medée à ce qu'elle vient de faire, elle remonte au Ciel pour en

obtenir

obtenir l'adueu de Iuppiter. Le Roy au desespoir, implore le secours du Soleil son pere, dont on voit s'ouurir le Palais lumineux, & ce Dieu sortir dans son Char tout brillant de lumiere. Il s'esleue en haut pour demander en faueur de son fils la protection de Iuppiter, & vn autre Ciel s'ouure au dessus de luy, où paroist ce maistre des Dieux sur son Trône, & Iunon à son costé. Ces trois Theatres qu'on voit tout d'vne veuë, font vn spectacle tout-à-fait agreable & majestueux. La sombre verdure de la forest épaisse qui occupe le premier, fait paroistre d'autant plus la clarté des deux autres, par l'opposition de ses ombres. Le Palais du Soleil qui fait le second, a ses colomnes toutes de clincant, & son lambris doré auec diuers grands fueillages à l'Arabesque. Le rejallissement des lumieres qui portent sur ces dorûres, produit vn iour merueilleux, qu'augmente celuy qui sort du Trône de Iuppiter, qui n'a pas moins d'ornements. Les marches ont aux deux bouts & au milieu des Aigles d'or, entre lesquelles on voit peintes en basse taille toutes les amours de ce Dieu. Les deux costez font voir chacun vn rang de piliers enrichis de diuerses pierres precieuses, enuironnées chacune d'vn cercle, ou d'vn quarré d'or. Au haut de ces piliers sont d'autres grands Aigles d'or, qui soûtiennent de leur bec le plat fond de ce Palais, composé de riches estoffes de diuerses couleurs, qui font comme autant de courtines, dont les Aigles laissent pendre les bouts en forme d'escharpes. Iuppiter assis en son Trône a vn autre grand Aigle à ses pieds, qui porte son foudre, Iunon est à sa gauche auec vn Paon aussi à ses pieds de grandeur & de couleur naturelle. C'est en cet estat que ce maistre des Dieux répond à la priere que luy fait le Soleil, & luy dit que l'Arrest du Destin est irreuocable, & qu'Aæte ayant perdu la Toison doit perdre aussi son Royaume, mais pour l'en consoler, il ordonne à Hypsipile d'épouser Absyrte, & à ce Roy d'aller passer ce temps fatal dans son Isle de Lemnos. Il adjouste qu'il doit sortir de Medée vn Medus qui le restablira en ses Estats, & fondera l'Empire des Medes. Aprés cet Oracle prononcé, le Palais de Iuppiter se referme, le Soleil va continuer sa course, & le Roy, Absyrte, & Hypsipile se retirent, pour aller executer les ordres qu'ils ont receus.

Voilà quelques legeres idées de ce que l'on verra dans cette Piece, que ie nommerois la plus belle des miennes, si la pompe des vers y répondoit à la dignité du spectacle. L'œil y découurira des beautez que ma plume n'est pas capable d'exprimer, & la satisfaction qu'en remportera le Spectateur, l'obligera à m'accuser d'en auoir trop peu dit dans cet auantgoust que ie luy donne.

F I N.

www.ingramcontent.com/pod-product-compliance
Lightning Source LLC
LaVergne TN
LVHW010253230826
846091LV00007B/2955

* 9 7 8 2 3 2 9 6 4 9 4 8 1 *